那年老師教曉我的事

周淑屏 著

那年老師教曉我的事
作者／周淑屏
總編輯／黃幗坤
責任編輯／劉綺華
美術設計／劉碧雲
插畫／棗田
出版發行／突破出版社
香港沙田亞公角山路 33 號突破青年村
電話：2632 0000　傳真：2632 0388
電郵：breakthrough@breakthrough.org.hk
網址：http://www.breakthrough.org.hk
http://www.btproduct.com
承印／陽光（彩美）印刷有限公司
2013 年 7 月初版 1 刷
2024 年 10 月初版 7 刷

What My Teachers Taught Me
by Chow Suk-ping
First Printing, First Edition, July 2013
Seventh Printing, First Edition, October 2024

Printed in Hong Kong
ISBN 978-988-8073-91-7

本書採用環保油墨印刷

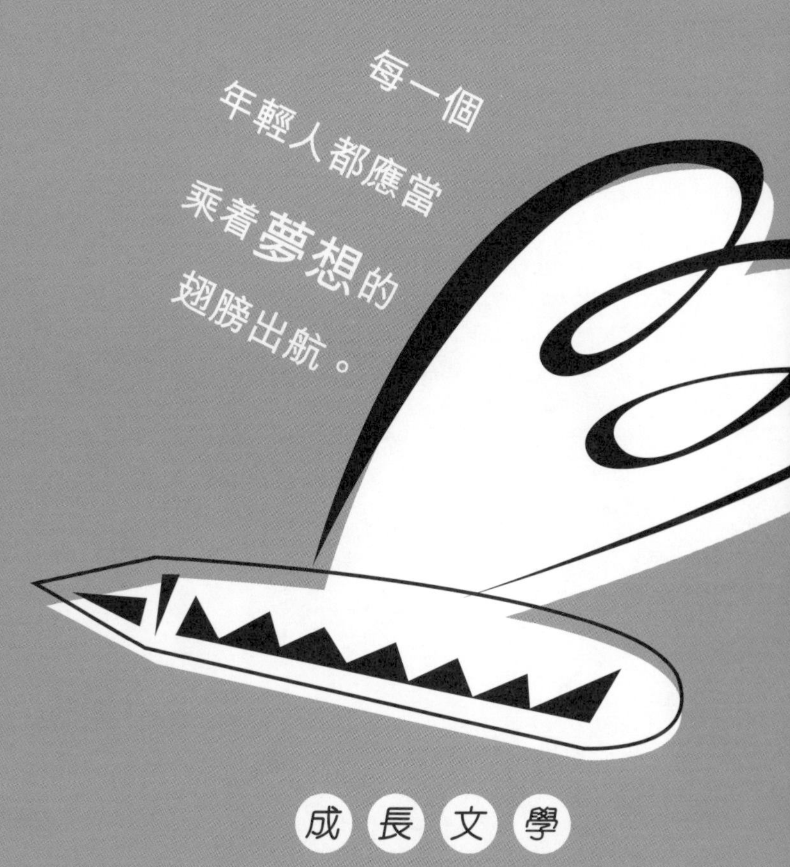

成長文學

67

目 錄

楔子

每個孩子的成長環境都不同，他們不能選擇成長於怎樣的家庭、有怎樣的父母，至於父母是否有心力悉心栽培他們成才、他們能否就讀於有最好資源的學校，亦不是孩子可以決定的。然而，無論他們成長於怎樣的環境、家庭，就讀於怎樣的學校，只要他們有機會遇上一位好老師，他們還是有改變生命軌迹的機會；就算曾是一個對自己沒有期望的孩子，也會因為良師的殷殷寄望而奮發向上。他們所需要做的，是珍惜師緣，在良師的扶助下抓緊改變生命軌迹的機遇。

我曾遇到過改變我生命軌迹的良師，亦萬分珍惜且時常心存感激。

如今，當我到學校教授寫作班時，在第一堂課堂上，我有時會對態度散漫的學生説：你知道這樣一個只有幾堂的寫作班，你們的老師花上了多少時間、心力去籌備嗎？在大半年前老師已聯絡我，然後要申請撥款、宣傳、出通告、借課室；課程進行時，他還常常擔心你們會躲懶不出席，白白浪費了難得的資源、機會……如果你們知道老師曾為你們付出的心力，也許你們該更珍惜這一課的時間。

有人説良師就是孩子們的生命天使，我相信有許多人是贊同的，包括我自己，可是，這些生命天使卻被過大的工作壓力壓得不能陪伴學生在成長的天空中愉快飛翔，也許，只有我們一聲感謝、一個深深感激的眼神，會有助振奮他們那雙疲憊的翅膀吧！

樂聲伴我心

她對我們的嚴謹要求讓我們感到她不容親近，

但當她陶醉於樂曲中和我們分享民歌情懷時，

卻化身成我們的朋友，讓人感到十分可親。

我看着在牀上熟睡的媽媽，聽着她發出輕微的鼻鼾聲。此刻，我在分析——她的鼻鼾聲由輕轉重還是由重轉輕，才是顯示她快將起來的跡象。

看看時鐘，還有十五分鐘就到下午五時了，有時這時間媽媽已起來預備上班，但今天，她睡久了點兒。通常下午二時至五時是她酒樓工作的「下場」時間，讓她可以回家小休一下。她清早上班一直工作至深夜，而且是從事體力消耗很大的清潔碗碟工作，這兩個多小時的小休，對她而言很重要。由於工作辛苦，她的脾氣很猛，在這段小睡的時間中吵醒她可不是好玩的。

我偷偷瞥一眼書包邊緣露出的牧童笛，立即吐吐舌頭，彷彿在媽媽熟睡時掠過練習牧童笛的念頭，也是罪不容赦，該被打好幾巴掌的。

好不容易等到媽媽醒來，我悄悄拿出牧童笛和五線譜，只敢輕輕地吹奏，因為不知道媽媽的心情怎樣。如果她心煩，讓噪音吵着她，只會招來一頓責罵。幸好她今天的心情尚可，經過我身邊時看到我放在摺櫈上的五線譜，只皺着眉說了一句：「密密麻麻的線，看見就頭疼，真不知道你是怎樣看得清的，還是黃毛丫頭眼力好吧！」

知道媽媽的心情不壞，我放膽地大聲點吹奏，上音樂課時，朱老師一定要我們大聲吹奏的，吹得不夠嘹亮，至少會被罵四分之一課時間。

中一至中三的音樂課都是由朱老師教的。每星期上連續的兩堂，二分之一堂教樂理、二分之一堂教牧童笛；其餘二分之一堂聽名曲，二分之一堂學唱歌。

朱老師教樂理和牧童笛是最嚴厲的，整堂課她也不會笑，這一堂，我們幾乎全班同學也是顫抖着上課的。上第二節課時老師卻像變了另一個人，她的臉上會換上愉悅的笑容，引領我們走進古典音樂的世界，聽聖桑、貝多芬、蕭邦的名曲。最後那半課節，我們在朱老師的帶領下一起唱頌中外名曲，課堂上洋溢着歡樂氣氛。

如此地，我們每次上音樂課，都先經由樂理、牧童笛的地獄走進古典樂曲、中外名曲的天堂，周而復始，運行不息。

由地獄走進天堂，是要經過考驗的，那是牧童笛的考驗。每一課老師也會教我們吹奏一段牧童笛樂曲，然後囑我們在往後一星期回家練習，到下一課老師會抽幾個同學出來吹奏，沒練習、吹奏得不好的會給痛罵，學生不論男女，被罵得痛哭是常有的事。

被抽中的同學都是兩個人一起吹奏的，有人認為兩個人一起吹該可以壯壯膽吧！事實卻剛好相反，兩人一起吹更讓人心驚膽戰。因為兩個人一起吹，一個拍子對一個錯，錯的那個就會明顯和突出，吹錯了也較容易察覺。如果兩人一起吹錯，會引致老師雙倍的怒氣，那會如火山爆發，一發不可收拾。

同學大多是住在屋邨的小孩，一般對音樂、樂器不太認識，亦興趣不大。父母也自然不會懂得欣賞，孩子在家裏練習通常會引來一頓罵，所以在課堂上吹奏的表現通常不會好。大家都因為懶惰、父母不鼓勵而不會怎麼練習，每課只有捱罵的份兒，就算是有練習的同學，那一課也不會好過。其他同學知道他或她有備而來，通常都會半恐嚇、半懇求的對他們說：「一會萬一抽中了我和你吹奏，你可千萬不要吹得太快或太好，否則把我比下去，我就要遭殃了。」

吹得較好的同學為了避免被誣為「二五仔」、「無義氣」，在吹奏時吹得好會給同學罵、杯葛，吹得差又會讓老師責罰，心理壓力實在大，陷於進退兩難之中。

説回我這天爭取時間練習牧童笛的事，我向來是個懶散且心存僥倖的孩子，雖然心存僥倖，但並不盲目。由學期初至今八個星期我也沒被抽中過，以每課大概抽四個同學計，全班四十三個同學中已有三十二個同學曾被抽中，往後幾課，我被抽中的機會高於八成啊！

因此，我冒着被媽媽罵的危險也要練習，因為，兩害取其輕，在家裏被媽媽罵總比在四十二個同學面前被老師罵好。

可是，我才練了十五分鐘，哥哥、姊姊下課回來了，哥哥聽見我吹出的樂音就大嚷：「你吹奏什麼『死人笛』！」

我說：「這不是什麼『死人笛』，是牧童笛。」

大姊按開電視，朝我嚷：「別吵着我看電視！」

二姊邊把書和功課從書包全倒出來，邊罵：「是什麼奪命梵音！妨礙我溫習的話，有你好看的。」

在這種種干擾、恐嚇之下，我的牧童笛練習只維持了二十五分鐘，但這短短的二十五分鐘卻有令人意想不到的效果！

* * *

自從學期開始以來，「毛玲」上音樂課一直坐在我的旁邊。也許因為都是班中最高的幾個女孩子，初進音樂室選座位時自動自覺會坐到最後一排。至於我，該還有坐後一點讓老師較難留意到、較難被抽中的原因吧！

「毛玲」這暱稱也許來自她的頭髮帶點黃啡色，而姓名最尾一個字是「玲」吧！至於她的真名也不用提了。她是個身型高大，粗枝大葉又沒機心的女孩，和她相處很輕鬆，可也別指望她會教你什麼，因為上課時她連老師一分鐘前説過什麼也記不住，樂理測驗也從不及格。

然而，就算再粗枝大葉的人，也能預計到最近幾堂音樂課自己被抽中的機會愈來愈高，朱老師這麼精明，她是不會漏掉一兩個學生便再開始新的抽籤循環的。

毛玲在音樂室坐下來，甫聽見朱老師一聲「Good morning class」，身體便不停哆嗦。太明顯了，因沒練習害怕被抽中而渾身發抖的表現太明顯了，我猜想目光炯炯的朱老師打從毛玲一踏進音樂室已在留意她！

在朱老師教授樂理那二十分鐘裏，毛玲的身體愈抖愈厲害，令書桌也隨着她的雙腳抖起來。教完樂理，朱老師一聲「都明白了嗎？」更嚇得她幾乎跌到地上去。

世事總是如此，你愈害怕、愈避開的事愈會發生，愈會逼近。老師派發樂譜後，讓我們拿出牧童笛，毛玲因雙手發抖而讓牧童笛掉到地上是意料中事，朱老師循聲看來，第一個抽中毛玲，也似乎是避免不到的命運。

「旁邊的同學和她一起吹奏上星期的練習樂譜。」

我這就知道前幾天花的二十五分鐘能發揮效用，雖然還是很生澀，但對比毛玲完全沒有練習過，朱老師該一聽就知道分別。通常，她只會罵表現最差、最懶的一個。

我心中掠過一絲掙扎，該不該奏慢一點等一等毛玲，讓她的錯誤不至於那麼明顯？至少，讓她被少罵一兩句也好呀！又或者故意吹奏得差一些……但，我才沒那麼偉大哩！

吹慢一些，老師該會大叫一聲:「拍子不對！」我被這一嚇，會吹錯吹亂……也許更會因而成了代罪羔羊，不行，不行。我告訴自己，要專心吹，要跟拍子吹，要發揮出那練了二十五分鐘的應有表現，別再想毛玲的事了，各人做事自己擔當，也不是我有意害她的。

心神定下來之後，我專心吹奏，笛聲停下，我竟瞥見朱老師朝我點了點頭。她對其中一個嘉許，代表另一個會大禍臨頭，果然，毛玲被罵了好幾分鐘，而且較前幾堂罵得更厲害，朱老師的理由是── 再蠢的人也該知道這幾堂一定會被抽中，這樣也不肯練習，真是又懶又蠢的人！

離開課室時，我偷偷瞄了毛玲一眼，她沒有看我，眼眶中滿了淚水。我對她有一點點歉疚，思量着要不要幫她抄一兩次校規，好分擔一下她被罰抄十次校規的勞苦，然而，這些話終究沒有說出口。

* * *

許多許多年後的某一天，我在咖啡座中和朋友分享中學年代的軼事，說起上音樂課的種種，朋友總訝異地道：「上音樂課怎會聽古典音樂？」「學樂理？那不是要在外面付錢學的？」「花腔？意大利歌劇？中學生知道這些幹嗎？」

原來，大多數朋友在中學年代裏，都只是在老師的鋼琴伴奏下唱過幾首童謠、民歌、流行曲，虛應一下故事，我説起中學音樂課學樂理、聽意大利歌劇、古典音樂，他們認為是不可思議的。

的確，在朱老師帶領下，我校的銀樂隊在校際比賽中所向披靡，她教導的學生在中學會考樂理科的及格率是百分之百的，連我們這些沒報考會考的頑劣學生，她都要求要有會考及格的水平。

她讓我們聽的民歌、流行曲都是經典的，Beatles、Bee Gees、Carpenters，教我們唱的是 *The Way We Were*、*You Light Up My Life*、*Love Story*、*And I Love Her*……

記得中一的第一堂課，她讓我們聽的是 Saint-Saens，然後是Chopin、Beethoven……引領我們這些屋邨小子進入古典音樂的殿堂。

中一至中三都要學樂理、牧童笛，每堂都要冒被痛罵、罰抄校規的危險，老實說那些課堂未算是能令人享受的。直到中四那年開始，我們要預備會考了，上課不用再被逼學樂理、吹牧童笛，這兩節音樂課變成我們可以全然投入享受的課堂，朱老師安排我們一堂學習音樂知識，另一堂唱民歌。她讓我們聽許多意大利歌劇，讓我們認識什麼是花腔、男女高音、中音、低音。顯然，這些知識大多已忘記了，但每次上課時那種對音樂知識的渴求與對美好樂章的投入欣賞，至今仍令人難以忘懷。

當時的我，常常好奇：這麼一位有豐富學識和音樂才華的老師，為什麼要來這間屋邨中學任教？她所教的和讓我們聽的，又有多少學生真正懂得欣賞？那時候，連我們的校歌、社歌也是朱老師作的，我常想：她可會有懷才不遇的惆悵？

她給我的印象，是——這麼近，又那麼遠。她對我們的嚴謹要求讓我們感到她不容親近，但當她陶醉於樂曲中和我們分享民歌情懷時，卻化身成我們的朋友，讓人感到十分可親。

大約我讀中一、二的時候，朱老師在港島大會堂註冊結婚，當時許多同學也有去觀禮。原來，銀樂隊、樂器班的學生與朱老師特別親近，在他們眼中，朱老師雖然要求嚴謹但一點也不惡，和他們的感情十分要好。

然而，我在中七畢業那一年，卻驚聞朱老師患上血癌的消息，這麼年輕、這麼有才華，還有一個幸福家庭的老師，在自己三十多歲、女兒才幾歲大時，就被病魔奪去了生命。

她的葬禮，我沒有去，一直以來，我只是她

教授的芸芸學生之一，然而，在中學畢業的許多許多年之後，每當聽到耳熟能詳的古典樂曲、意大利歌劇、民歌，朱老師的聲音、樣貌總在我腦海中浮現，原來，一個好老師為學生帶來的好影響，是永遠的。

老師飯桌上的一碟雞肉

雞腿已經放在我的碗中了，此刻，我面臨陶淵明的抉擇。面對老師的母親和她的一番盛情，要推卻也是説不過去的……

由中一至中三，每次派成績表的時候，都是驚心動魄的，因為我的成績一直徘徊在留級的邊緣，派成績表的這一天，就成了宣判我是否要留級的一天。

不知道為什麼，那時我們的家族傳統，好像認為上學都不大需要溫習、準備考試的。小時候，下課回家，電視總是開着的，總有人坐在那裏看電視。在那個只有一百呎卻住了十個人的天台小木屋裏，無論置身哪個角落都會清楚聽到電視機傳來的每句話、每段音樂。

剛巧，只有電視機前兩呎丁方的地方足以放下一張小摺櫈，因此，通常是一開始做功課，身旁就會坐了兩三個看電視的人，不一會之後，那張小摺櫈就要讓給兩位姊姊的其中之一個做功課，然後，那張小摺櫈又成了晚飯的飯桌，晚飯之後，舅父和大哥也許會坐它旁邊玩啤牌。

當然，溫習的書本不一定需要放在桌上面看，拿在手中看也行，然而，我們家的另一個優良傳統又窒礙了這種溫習行為。

沒人知道是哪個人的腦袋中傳出過這樣的訊息(也許當時某些勞工階層認為唸書是花時間，或是出自勞工階層的孩子唸書就是花時間的)，我家中的大部分成員認為聰明的孩子是不用溫習也能考得好成績，所以終日拿着書來溫習是不必要的，但我也從沒在家中發現有這樣一個聰明的孩子。

總之，只要在家中拿出書來溫習，就會有人投來不耐煩的目光，或者是對你的愚蠢表達不屑，甚至有人會故意引誘你去看電視，或者罵你拿出書來意頭不好，令他賭馬輸錢……

説了這一大堆，大概都是為自己當時懶惰、不溫習找藉口而已。然而，想深一層，當時的我確曾有努力在家以外找一個地方溫習的，可是，這卻換來可怕的經歷。

媽媽一個人養五個子女，在酒樓由早工作到晚，身心疲累，自然沒時間也沒心力管教子女，但她心底裏是怕子女學壞的，沒時間管教，只好強制不准我們外出亂闖，對女兒的管教尤其嚴厲。

就像某一天，在打聽到家附近的明愛青少年中心有一個溫習室之後，我就報了名入會，並且下課後到溫習室溫習，準備一個星期後的考試。

不知怎樣走漏了風聲，那天剛好提早下班的媽媽竟跟蹤而至。我甫放下書本，溫習到那頁書的第二行時，她不知從哪個角落冒了出來，在十分寧靜的溫習室中爆出一聲:「這個鬼地方有什麼吸引力？不怕在這裏認識到壞人把你帶壞嗎？」

在她大喝一聲之後，我看着千百對驚訝的眼睛盯着自己的媽媽，驚魂甫定之後，我立即收拾書本，抱頭鼠竄似的逃離了溫習室。

由這一刻以至往後的好一段時間，我也不明白到溫習室溫習為什麼會引起媽媽這麼大的反應，而在溫習室被母親大罵的這一幕，讓我往後很長的時間裏，每當路過那間溫習室時，也有莫名其妙的心情。

本來資質就不怎麼高，加上幾乎從不溫習，令我每次期考的成績都徘徊在要留班的邊緣，每次派成績表的時候，腦海中除了會泛起同學鄙夷嘲笑的表情外，還浮起母親的臉——那張比在溫習室中罵人還要沉上十倍的臉。

* * *

中三學期末派成績表那天，我自起牀那一刻便心緒不寧。當時我們的班主任是吳老師，她教我們英文科，印象中她那張秀麗的臉上很少笑容。她待我們這班一直是嚴肅的、嚴厲的，也許並不是她嚴厲，而是我們英文科的成績太差強人意，距離她的最低要求太遠，令她根本笑不起來。

我從來不是老師眼中成績好的學生，記憶中吳老師每次叫我站起來答問題，我的答案都是錯的，加上她總要求我們用英語對答，以致雖然她是班主任，有許多時間和我們相處，但我卻從未和她聊天，更幾乎沒和她打過招呼，於我而言，這位老師離我很遠。

有一句說話叫「敬而遠之」，其實際意義該不在於那人令人不敢親近——雖然我真的不敢親近吳老師，深怕一開口她便會指出我的英語文法錯誤，我想說的，是這個「敬」字也很重要，很重要。對於老師的教學認真、對我們嚴格要求、時刻爭取機會教好我們，我其實是深感敬意的。一位老師是否愛學生、是否用心教學生，學生一定知道，多頑劣的學生也一定知道，所以，我用「敬而遠之」來形容我當時對吳老師的態度，這個「敬」字的分量其實是頗重的。

在派成績表的一刻，而我還未接到自己的成績表之前，命運已被判定了。我們全班有四十三人，老師很快將其中三十人的成績表都派完了，讓拿到成績表的同學先走，餘下的十三個同學都明白，拿了成績表的同學都是可以順利升班的，而餘下的有幾個可以「試升」上中四。雖說是「試升」，我們好像沒見過有同學試升不成功又被摔回去留班的。

我們仍抱有一絲希望，在等待第二次宣判。直至老師把那幾個可以試升的同學的成績表都派完了，最後那幾個接成績表的，吳老師會用嚴肅的表情、沉重的語氣對他們說：「重讀一年中三吧，下一年，你要認真努力！」

我已經忘記老師對我說這句話時自己的感受是怎樣的，然而，對於一個初中學生而言，被宣判要留班的感覺一定恍如墮進地獄——那代表你要被升了班的同學譏笑一整年，被升上來與你同班但年紀比你小的同學嘲笑一整年，這一整年中別想可以抬起頭做人了，想和同學有好關係一定也難。這些現在看來也許是一些負面、幼稚的想法，但當時的我是百分之一百這樣認為的。

對於拿着成績表的我，在下學年開學時，怎樣面對同學還是遙遠的事，但回家怎樣面對母親、兄姊就迫在眉睫。

在我們的「家族傳統」裏，留班就等於不是讀書的材料，應該放棄讀書的機會，到社會工作幫補家計了。大姊就是因為讀小一時留級而被「永久判定」為不是讀書材料的，因此，當她升中一沒被派到不用交學費的津貼學校時，媽媽判定她不該再讀書了，當媽媽談到終於有一個女兒可以幫補家計時，臉上泛起那如釋重負的表情，是令任何人也不忍心拒絕的。

那年老師教曉我的事

偏偏大姊選擇了抗命，她自己千辛萬苦地找一間私立中學讀下去，學費不菲，她固然知道母親不會肯為「不是讀書材料」的她付留位費和第一個月的學費，這些費用可是她做暑假工辛苦儲下的。然而，付了留位費、學費也改變不了她的命運，因為她當時才十三歲，一定要有家長帶她到學校註冊入學，學籍才會得到落實。

當時，任憑大姊怎樣哭鬧，媽媽也不肯和她去學校註冊，對媽媽而言，一旦去了學校註冊，就意味着女兒要延遲五年才能幫補家計，自己肩上的重擔要延遲五年才稍為得到紓緩，這對一個被肩上家計壓得透不過氣的單親母親而言，是怎樣也下不了的決定。

對於大姊而言，一個只有十三歲的孩子，要自己一個人到處奔波找學校，連留位費、學費也是自己付的，作為母親的只要跟她跑一次學校簽個名而已，有什麼困難的？天下間哪有如此不為子女設想的母親？

在那個她倆雙方僵持、任何人走過她倆中間都感受到一觸即發的火藥味的下午，當時只有九歲的我坐在一邊苦思良策。然後，大姊終於按捺不住，雙眼滿含着淚水的跑到學校懇求校務處通融。

大姊走了之後，媽媽的臉色也稍為寬容。當時，深受母親溺愛的我，走近她身旁，對她說了這幾句話：「媽媽，如果沒法升讀中學的是我，現在沒人肯帶她去學校註冊、一個人哭着跑出去的是我，你的決定也是一樣嗎？」

也許因為母親在我雙眼中看到了恐懼，也許因為她和大姊對峙也只因各不相讓的一時之氣，其實看到女兒淚意盈盈的雙眼，她是會動搖的。在我說完那幾句話又再次懇求她之後，她終於換衣服去了學校為大姊註冊。

拿着寫上「留級」兩字的成績表，走在回家路上，媽媽要大姊放棄升學的情景不停在腦海浮現，而「不是讀書材料」的批評亦在腦際縈繞。當時的我每次做暑期工也捱不到一天，自然沒有儲到多少積蓄，連自己付學費繼續升學的門徑都沒有了。要去工作嗎？才讀到中三有什麼工作可選擇？我這在工廠做暑期工忍受不到一天重複、沉悶工作的人，彷彿走到了世界盡頭。

回家的路走了一半，我又折回學校，不知道是什麼力量驅使我走回課室，但成績表派完，老師和同學都走了。我又走到教員室，但大部分老師都不在了。我鼓起勇氣問其中一位老師：「吳老師在嗎？」那位老師說她已下課離開了。

然後我又一口氣跑到校務處，不知從哪裏來的勇氣，我向一位職員查詢吳老師家中的電話號碼。

「吳老師的電話號碼？你要來幹嗎？」那位職員問。

「我媽媽要打電話給她。」我說。

「可以改天叫她打來學校。」

「但今天已是學期的最後一天上課。」

「有要緊的事嗎？」

「有的，頂要緊的事！媽媽跟她談是否讓我在這裏繼續升學……」

也許那時並沒有什麼保障私隱的意識，職員竟拿出老師的聯絡表，給我抄下電話號碼。

於是，我就在校務處借用電話，也不知道想跟老師講什麼，只是想着老師雖然嚴肅，但怎樣也比母親容易講話一點。

「請問吳老師在家嗎？」

「她還沒有回來，但應該會很快了。是哪一位找她？」那是一位慈祥的老人家的聲音，我猜想是老師的母親。

「我……我是她的學生……」

「你有事找她？」

「我……我……請問我可以到你們家找老師嗎？」

至今我仍然不明白當時為什麼會說這樣的話，而慈祥的老人家竟把家裏的地址告訴了我，還細心地教我怎樣去。

老師住在黃大仙，我乘巴士再轉地鐵，再依老人家教我的方向走，在一個小時後到達了老師的家門前。

內心掙扎了好一會，我才按門鈴。一個約莫六十多歲的老太太給我開門。

老人家看見女兒的學生似乎很開心，她讓我坐下，又為我倒茶。

她跟我聊了幾句，問我讀什麼班級，學校裏的情況怎樣等等。

之後，一位兩鬢皆白、學者模樣的伯伯從房間出來，該是老師的爸爸，他笑着問：「這麼急來找老師有什麼事？」

不知道為什麼，面對這兩位素未謀面，卻慈祥像我的公公婆婆的老人家，我竟將事情一五一十告訴了他們，當時，我的眼中一定有淚水在流轉着。

「不要緊的，老師一定有辦法。」老師的爸爸說。

「飯剛煮好了，你留下來吃頓飯吧！下課後折騰到現在，你也該餓了吧！」老師的媽媽說。

如此這般，我就被安排坐到老師家的飯桌旁。老師終於回到家了，開門看到坐在飯桌旁的我，她起初一臉驚訝，旋即又回復鎮定。老師的媽媽把她拉進房間，說了一會話，出來之後，她對我說:「吃完飯我們再談吧！」

老師坐在我身旁，她媽媽為我盛飯，老師為我夾菜。飯桌上有三碟菜，分別是韮菜炒蛋、蒸雞和青瓜炒牛肉，偏食的我，早已選定青瓜炒牛肉這一碟，其他的，不是我的口味。

說到這裏，我要打岔一下說說背景。因為排行最小，得到母親和姑母的溺愛，從小我就是家中的小霸王，亦因長輩的遷就而養成了偏食的習慣，那時只愛吃叉燒、蕃茄煮牛肉、麵豉，如果那一頓飯沒有這三樣菜的其中一樣，我就只會吃白飯。母親、姑母看着心疼，因此，一星期裏總有五至六天飯桌上放上這三樣菜中的其中一樣。

至於我不喜歡吃的菜，例如濃味一點的西芹、芥蘭，我是一口也不吃的，至於肉類，如羊肉、兔肉之類較少出現在飯桌上的，我當然不會吃，而常吃的肉類，在牛肉、豬肉、雞肉中，雞肉我也是必然不吃的。

事緣小學五年級那年，家裏養了幾隻小雞，其中的一隻，因為特別瘦小而被其他雞欺負，身型較大的雞甚至把這可憐的小雞身上的毛啄光，令牠經常冷得全身發抖。

我把自己冬季穿的羊毛襪改成小衣服給小雞穿上。每天下課回來我便成為牠的守護將軍，每隻想走近欺負牠的雞也會被我用竹枝鞭打幾下作懲罰。

如是者過了兩個月，小雞長成了大雞，媽媽預告過幾天要劏雞拜神，牠們當中的一隻會首先遇難。在這同時，我發覺穿上我的襪子的小雞，在我離家上課沒人守護時，竟仍被其他雞欺負。因為牠身上穿了衣服，牠們就專啄牠的腿，讓牠的腿腫成一大團，腫大了的腿和牠弱小的身軀嚴重不成比例。

如果不是母親阻止，我會為牠的腿搽跌打酒的！在鞭打了欺淩、施虐者之後，我鄭重對母親說：「千萬不要劏這隻小雞，否則……」

之後，我一直為當時沒往下說而悔恨，如果我當時說了否則我會怎樣，也許會對母親的行動產生一點阻嚇力量。

某天下課回家，一家人喜氣洋洋——這是媽

媽多年來難得一次加薪，因而劏雞還神的日子。這天母親提早下班做飯，一家人也提早了吃晚飯。當坐到飯桌旁時，我已經察覺到哥哥臉上不懷好意的笑容，那是一副「一會就有好戲看了」的表情。

兄姊們一向因母親偏心只煮我愛吃的菜而不滿，看到他們臉上的表情，我心中暗叫不妙。等到母親忙完做菜坐下，大哥揭開蓋着菜的碟子時，他們都聽到我慘叫了一聲。

母親劏雞還神，最叫我注目的菜當然是那一碟「白斬雞」。當看到碟上那隻特別大的雞腿時，我頭上已一陣暈眩，而當二哥促狹地把這隻特大的雞腿夾到我的碗上時，我頓時慘叫一聲，五內翻騰，幾乎要吐了。

我馬上跑到雞籠前面用雙眼往裏搜索，果然，穿羊毛襪外衣的小雞不見了。

那個晚上我沒吃一口飯，在這天之後一直到上中學的幾年間，我也沒再吃過雞肉。雖然，之後母親後悔了，又買了幾隻小雞回來哄我，但我已經無心照顧牠們。在其他人眼中，那隻可憐的小雞只是一隻普通的雞，甚至只是桌上　碟雞肉的前身而已，但對於當時的我而言，那是因先天不足而後天受到欺凌，又因主人的保護不周而慘被犧牲的可憐小雞。因此，這次保護小雞不力，亦成了我可怕的一次童年陰影。

回頭說到坐在老師家中飯桌旁的我，當時一心以為只夾青瓜牛肉來吃，再加一點炒蛋便可以應付這頓飯，但老師不停為我夾菜，卻讓我一口一驚心。

起初，老師為我夾了一塊韮菜炒蛋，我從來不吃有強烈味道的菜，特別是韮菜，但那是老師夾到我碗上的，不能不吃，於是，我吃了生平第一口韮菜，然後，我竟發覺韮菜不如想像中那麼難吃。

然而，老師打破了我偏吃的習慣，卻驅不走我的心魔。當老師的母親對她說：「給你的學生夾一隻雞腿吧！」我感到大禍臨頭。

我忙說：「不用，不用，留給你們吃……」

我幾乎想把碗挪開，但老師的筷子已伸向那碟雞。筷子夾着的雞腿慢慢向我移近，我感到那雞腿變得愈來愈大，竟大過我的碗，大過我的頭，大過我的身軀……

雞腿已經放在我的碗中了，此刻，我面臨陶淵明的抉擇。

中三的中國語文課文中有陶淵明的《歸去來辭》，讀過他不為五斗米而折腰的事迹，在這一刻，我感受到他的為難與進退維谷。

陶淵明因「心為形役」、向權貴折腰與養家活兒的五斗米之間的抉擇而煩惱，此刻，我為能否升班與吃不吃雞腿的抉擇而煩惱。

其實，當時這抉擇的煩惱並非如此表面。我並不相信老師會因為我不吃雞腿而不讓我升班，或因我吃了雞腿而遂我的願。讓我為難的，只是師命難違。平時，我雖然不是一個對師長絕對服從的乖巧學生，卻是一個不敢當面拂逆師意的怯懦者，面對老師的母親和她的一番盛情，要推卻也是說不過去的。另一邊廂的抉擇，也不是吃一口雞腿這麼簡單，我知道吃下每一口，當時那穿羊毛襪的小雞被其他雞隻欺凌的一幕幕片段會在我腦際重播，令我感到有負於牠。

在我拿不定主意時，雞腿已經放到我的碗中了，難道要把它夾回碟上不成？這時，一邊是小雞被欺凌、比牠身型大的雞在耀武揚威的景象；另一邊，是老師被拒絕、一臉錯愕的表情，還加上母親看到寫着女兒要留班的成績表的失望表情……

最後，幼稚的理智戰勝了感情，我那震顫的嘴唇終於遇上了那過分幼滑的雞肉。為什麼我說那是幼稚的理智呢？因為當時的我在理智的判斷下認為雞死不能復生，我不吃雞肉也改變不了小雞已被宰的命運。同時，我想到往後那一年因留班而被兄姊看扁，甚至被同學欺凌，會成了那小雞的繼承者，我就選擇了折腰。然而，日後我明白到留班的學生不會被欺凌，重讀一年打好基礎反而更好之後，我確認當時的想法是幼稚的。

晚飯後，老師領我到客廳中間坐，她的父母識趣地躲在廚房中清潔碗碟沒出來。

「你來這裏找我，是因為不想留班嗎？」老師的聲音溫和中不失威嚴。

「我……我不可以留班的。」我低着頭囁嚅。

「為什麼？」

「因為留班的話，母親一定不讓我讀下去，我一定得輟學。」

「你還沒回家告訴她，怎麼知道一定如此？」

「因為從前姊姊升不上派位的中學，母親也不讓她繼續讀下去，而且母親獨力撫養我們很辛苦，家裏捉襟見肘，她會寧願讀不上去的子女輟學工作幫補家計……」

老師聽了我的話，眉頭緊皺。這刻，我憂慮家中父母齊全、家境顯然比我好很多的老師能否體會我的困境。然而，我也想到會否因為她的家境較好，令她更有同情弱者的心。

「你需要我給你機會，讓你可以『試升』是嗎？」老師的眉頭稍為紓緩，吐出這句話。

「嗯。」我大力點頭。

「可是，我給你機會的話，你也得為自己爭取！我會麻煩中、英、數三個主科老師再出一份試卷，讓留班的同學重考一次。考試會在暑假中段進行，讓你有時間溫習。當然，我要公平，不只你一個人可以參加考試，其他要留級的同學也可以參加。你一定要努力溫習，假若能僥倖升上中四，你一定要全力以赴，不能再偷懶、鬆懈了。」老師一臉嚴肅地說。

「我會的，我會努力的。」我不住點頭，「感謝老師！」

那一年，我在重考時僅僅得到及格分數，僥倖獲得試升的機會，而在往後的那一年，我時刻儆醒，一直感到背後有老師的一雙眼睛，在監察着我有否努力上進、全力以赴。

* * *

中學畢業後的許多年，當我回到母校主持作家講座，站在禮堂門口迎接我的包括雖經年月洗禮仍精神矍鑠的吳老師。寒暄一番之後，我告訴她:「雖然已主持過不少作家講座，但畢竟專注的是寫作而不是演講，面對眾人説話還是有點緊張的。特別是回到自己的母校，在從前的老師面前演講，一會不知道會否結結巴巴、説不出話來哩！」

吳老師笑了笑，然後一臉認真地指導:「只要挺直腰板，深呼吸一口氣就能放鬆下來！回來只是跟師弟妹分享經驗，只要真誠地把自己的專業心得和他們分享就行了。」

聽了老師的教導，許多年前上吳老師的課時，受到她認真教導的一幕一幕又彷彿重現目前，這一幕幕仍在提醒、鞭策我不斷向前，永不言棄。

* * *

又許多年過去，當我改編自己的小説而成的話劇《君住廟街頭，妾住廟街尾》在牛池灣文娛中心首演時，因女主角區嘉雯小姐就是吳老師的大學同學，因此吳老師也來捧場。

看到吳老師，我馬上趨前相認，並送她一本原著小説。當時，吳老師把我拉到老同學區嘉雯面前，鄭重地介紹：「她是我的學生。」

這一句「她是我的學生」，於我而言是莫大的榮耀，至少，這讓我知道老師不以有我這學生為恥，而且其中有認同和肯定。對於一段悠長的師生關係而言，這一幕是一個完美的「分號」，這一個稍停，讓我更有力量向上，努力創作更多好作品、爭取好成績，冀求能再和老師分享榮耀。

至於那碟老師飯桌上的雞肉的意義，作為本章的歸納，我想，只要我們有力量克服己身的一些障礙，或破解了回憶中的一些陰暗面，我們就可以衝破自我思想上的限制，向着標竿直跑，不為過去的陰霾所囿了。

改變我生命軌迹的老師

老師為學生註冊來年學位、交留位費，

甚至幫她由唸商科轉去文科，

這在學校裏是前所未有的，我拿着

電話筒怔怔地發了呆。

黃老師自我讀中三那年起教授我中文課，中六、中七則教我中史課，在這幾年的光景裏，我跟黃老師有過衝突、誤會，但更多時間是他對我的提攜、恩待，這樣的良師，是我一生景仰、仿效的對象。《史記》中說到萬世師表孔子有這樣一句話：「高山仰止，景行行止，雖不能至然心嚮往之。」這句話亦只能體現我對黃老師的一部分感激、敬仰之情。

* * *

中三那年開始，黃老師教授我們中文科。黃老師教學生是以嚴厲聞名的，雖不至於令學生聞之色變，但只要在課堂上被他斥責一次，已足以令那學生整學年面目無光，不敢再在他的課堂上造次。

猶記得當有同學在他的課堂上談話時，他會說：「若在我年輕時看見你們有這樣的行為表現，我一巴掌向坐在這行最前的學生打過去，後面的學生也會受震動像骨牌般倒下！」

當然，黃老師是從不打學生的，聽到他說這句話，我們都想笑出來，但卻不敢笑。其實那時老師的年紀並不大，大約四十歲，他卻常說這些「倘若在我年輕時……」的話。

也許出於學生天馬行空的想像，有關他令壞學生、不良分子聞風喪膽的傳聞不脛而走，我相信有些學生會想像他為郭靖大俠、少林掌門，而我們耳聞目見黃老師的大俠風範也有一兩遭。

話說某天下課，愛在走廊欄杆附近流連聊天的學生發覺有數名「金毛」少年在學校大門前徘徊。自誇有見識的同學分析：那是黑社會青年在等我們的同學下課「講數」！

這話嚇得我們幾個膽小的同學連離開學校甚至走近校門也不敢，只敢站在欄杆旁遠眺，議論紛紛。

「校方該會報警吧？」

「報警不就讓人知道我們學校也有黑社會滲入嗎？那會影響校譽的！」

「對呀，至少會讓校外的人認為我們的學校防範黑社會滲入不力，我們的訓導主任們素來自視為最強組合，怎會吞下這口烏氣？」

「可是，相信這『最強組合』中任何一位訓導老師也沒膽量到門外和這些人周旋呀！」

「對了，他們不是太瘦弱、矮小，就是色厲內荏、外強中乾、虛有其表！」(這位中文科成績不怎麼樣的同學怎的突然認識這麼多四字詞語了？)

「那怎辦？難道我們不下課回家、不離開學校了？」

「也許我們可以用人海戰術，幾十個同學一起步操着出去，也許他們會因為我們人多勢眾讓開一條血路哩！」

「不怕他們就揪出我們一兩個較瘦小的殺一儆百，殺雞儆猴，殺殺殺……」

說時遲，那時快，只見黃老師排闥而出……排眾而出……排不知什麼而出，直直的走向那羣「金毛」青年……（這些描述是那個「四字詞語」同學旁述的，這同學原來是個武俠小說癡，所以說故事時，在虛張聲勢、繪影繪聲方面有一定功力。）

由於我們只是站在校舍二樓的欄杆遠眺，自然沒法聽到黃老師對那些人說了什麼，要知道具體細節，只能依賴剛才那位負責旁述的同學，但這位負責旁述的同學此刻卻失責，竟只屏息專注於黃老師的表現，口卻張成了一個大圓圈。

只見黃老師像問了那些人幾句話，又對他們說了幾句，那些人也沒有反駁，就默默散去了。

竟然只是如此，黃老師就化解了一場我們以為「山雨欲來」的校園風暴！

根據過後那位旁述的同學辯解，剛才他是被黃老師的一股內氣震懾住了，才說不出話來。至於老師剛才說了些什麼令那些人散去了呢？那位同學說：基本上那些人不是因為老師說了什麼而散去的，而是被老師深不見底的內功「鎖」住了。如果他們不馬上走，他們的五臟六腑也會被內功震裂，要是他們走遲幾秒，說不定我們便可以得睹這些金毛青年被裂成無數碎片直至灰飛煙滅的壯觀場景。

他還補充說：以他站在數十碼以外也震懾於黃老師的內功而言，老師的內功已臻化境，該已達到了東邪黃藥師甚至獨孤九劍的境界了。

無論如何，此次之後，老師令惡徒聞風喪膽

的威名，在學校裏不脛而走，甚至不「機翼」、不「引擎」而走了！

在我的心目中，黃老師並不可怕，因為他是賞罰分明的人，且不輕易發怒。在我芸芸表現不怎麼樣的科目中，我的中文科成績是較突出的。我們這些窮小子自小家境沒能夠讓我們在英語水平方面好好培養，只好在中文水平上好好爭取，加上當時的我以身為中國人而自傲，小學五、六年班開始就偷了大哥的《唐詩三百首》來背，《長恨歌》亦已背得滾瓜爛熟，所以中國語文科的成績較好，中文、中史更是我最愛的科目。

本來已較喜歡上中文課，加上黃老師在國學方面涵養甚高，我自然更愛上這課。課堂上老師常點名問我語文上的問題，又常囑我讀出以不同修辭方法寫成的句子且加以讚許，因此，雖然不少同學視上中文課的戰戰兢兢、不得造次、不可閒談為畏途，但我卻甘之如飴，每天期待上黃老師的課。

那時口耳相傳有關黃老師的還有一則趣聞。黃老師素常叮囑學生要「規行矩步」、「律己以嚴」，對於學生們的言談、儀容，也有嚴格要求，特別對於男學生，領呔要結好、襯衣要熨好、頭髮不可過長，更不可染髮、電髮等……

可是，某次假期後上課的第一天，當黃老師步進課室後，卻引起我們一陣嘩然。黃老師電了一頭鬈髮，雖然他頭髮短，且鬈曲度不大，但已與他慣常的嚴肅形象有着強烈對比。

老師看見我們目瞪口呆的模樣，輕描淡寫地解釋說：「那是我的一位朋友在假期中窮極無聊，央我讓他實習一下捲髮技藝，樂於助人的我也只好勉強『伸頭相助』。」

那一課，縱使我們滿腹疑團，也只可默不做聲，但下課鈴聲一響，同學們便七嘴八舌地議論不休。一番討論之後，他們認為最接近事實的結論是：「那一定是老師的女朋友在上理髮課程，逼老師就範讓她完成習作的結果。」

也許因為每天上課也看到學生一臉疑問、強忍着笑的表情，也許因為議論太多，令人難以充耳不聞，也許是黃老師自己也忍受不了這新奇的髮型，四天之後，他的髮型回復跟以前一樣，頭髮不再鬈曲了。

我對這樁事的看法是：常教訓我們要「規行矩步」的黃老師，因眼見自己的鬈髮在學生之間引起了不少迴響，不想使我們因之「絆倒」，所以雖然身為老師有鬈髮的自由，他也甘願為之捨棄。由此可見他「律己甚嚴」的一面。

* * *

中四那一年，對我而言是「波瀾壯闊」的，因為這一年學期末我引發了一石激起千重浪的抗爭行動，此中，黃老師也被捲了進來成為主角之一。

敘述故事之前，得先說說背景。

中三升上中四之前，有一次選科行動，學校的中三有六班，到中四會淘汰成五班，包括兩班文科、兩班理科和一班商科班。

商科班的主科和文科班相同，只是加進了打字、簿記兩科，方便學生於中五畢業後於商界就業。

BUS SHOP
67

嘩！
嘩！

本來我最喜歡的科目是中文、中史，對中國文學亦感興趣，該選的是文科班，但當時的我深感自己升大學無望，於家境而言早點就業是合適的，選讀商科在畢業後投身商界做個文員什麼的，懂點打字、會計就更有利，因此順理成章就選了商科。

選商科的學生，多是成績不算好或沒心思繼續升學的，而這一班亦較多升不上中五的留級生及學習意欲不強的學生。這一學年，黃老師受命成為中四商科班的班主任，也許校方認為以黃老師的嚴厲會對學習意欲不強的學生有點幫助吧！

初成為這班的一分子，敏感的我感到這一班有點龍蛇混雜。這一班中約五分之一是真正對商科有興趣的成績好的學生，有五分之二像我一樣成績一般而認為唸商科有助就業的，其餘的五分之二，是留班及成績不佳或行為有點問題的學生。在這五分之二的學生中，有不少是希望可以蒙混上課至畢業的，而因為學校規定學生在五年中學生涯中只可以留級一次，如果第二次考不到可以升級的成績，就會被勒令退學，一些為免再次留級又不肯發奮讀書的學生，就會選擇作弊一途。

中四這一年對我而言是苦樂參半的。獲得試升的機會固然該好好珍惜，加上有黃老師作班主任兼任教我們中文科，在學業上常對我鼓勵有加，這是讓我樂受而心感的。另一方面，在修讀會計之後，我才發現自己對此全無興趣；在打字的課堂上，老師一下令開始打字我便手忙腳亂、手足無措，我在追趕這兩科的成績上，倍感吃力。

當時，教授我們打字和簿記的張老師是校內知名的老師，她教出來的學生在會考會計一科，於學校創校至此的及格率是百分之百的。然而，自學期開始我的會計科成績一直不及格，我很相信張老師也一直十分擔心我會成為學校創校以來第一個會考會計科不及格的學生。

在和同學相處方面，由於我一直是一個沉默守規的學生，成績、品行較差的同學沒把我視為眼中釘，成績、品行較好的同學也沒有不屑和我相交，因此，人緣可說中上吧！我長得高，一直被編排坐在最後一排座位，而坐在我周圍的，也是一些身材較高的留級學生，我和他們漸漸有了點溝通，這也令到曾經有一個時期，我成了班中成績兩個極端的同學中間的溝通橋樑。當時我認為成績差的同學不一定品行差，而他們被學校列作品行差的原因，頂多是因為校服、髮型不合規格或遲到、上課談話而已，並不是大奸大惡。

那時坐在我旁邊的，是一個花名「阿肥」的女生，她身材胖胖的、反應較慢但內心善良，我和她坐在一起多了交談因而會關心對方的背景、狀況。阿肥前一學年是和其他留級生同班的，因而常和他們混在一起玩，當聽到她說起這些同學之中有些會在下課後吸煙及與不良少年一起時，我常規勸她少跟他們來往，她也有跟他們疏遠的意思。

至於她對我的關心，則表現於有一次看到我收到不及格的會計科測驗卷後一臉失落的表情時，她悄悄對我說：

「有可以得到及格成績的方法，你會試試嗎？」

「什麼方法？找補習老師？買『天書』？」我反問。

她搖搖頭，煞有介事的說：「有高人指點，測驗的時候，在地上撿一張他們拋來的答案紙條，照抄便成。」

我一聽心中一沉，但仍沉住氣查問：「有這麼便宜的事？他們為什麼白白給我答案紙？」

「當然，你抄了之後和我們就是一夥，自然不會揭發我們作弊。此外，你也要有所貢獻，在中文科測驗的時候，你要向我們提供答案紙條。」

我神色凝重的看着阿肥，問她：「你參與這種作弊的勾當多久了？你們在哪些科目的測驗中作弊？」

「這個我可不能告訴你，你還沒有成為我們的一夥，告訴了你他們會責備我是『二五仔』的。」

我歎了口氣對她說：「我是不會成為你們一夥的，我勸你也不要和他們走在一起。作弊是不對的，和他們一起只會讓你學壞！」

我始終相信阿肥本性善良，也希望她會聽從我的勸告。在往後的一次數學測驗中，因為數學科老師一向不會花心思監察學生，我特意留心阿肥的舉動。測驗開始後不久，只見前兩排的同學向阿肥的桌下丟來一個小紙團，她剛想彎身去拾的時候，卻瞥見我那凌厲如刀劍的眼神，她猶豫了一會，把手縮回去，繼續埋首測驗卷。

測驗之後，我嚴詞厲色地對她說：「幸好你臨崖勒馬，沒有拾起那紙團，我就給你一次機會，下次我再看到這種事的話，一定會向老師告發的！」

阿肥聽了，認真地點了點頭。

這一役之後，他們的作弊行為有點收斂，或者是做得更滴水不漏，不讓我找着半點蛛絲馬跡。及後我有點後悔當時沒有馬上檢舉他們作弊，所謂「姑息足以養奸」，如果我當時告發了他們，也許就不會出之後的亂子了。

問題出在期終考試之後，根據學校的慣例，為了保障整體的會考成績，中四有部分學生會被安排留班重讀，期終考試成績出來之後，哪些同學可以升班、哪些同學要留班已是呼之欲出。大部分去年留班的同學，這次考試成績竟然大躍進，取得了上佳的成績，而向來成績中等的同學，包括我，便因此消彼長而和他們對調了位置，成了成績較差的一羣……

「怎麼可能？」

「那是多麼不公平啊！」

「他們憑什麼取得這樣的成績？」

和我一樣，成績處於中游的同學，本是沉默的一羣，但這一趟在考試成績一出之後，竟馬上起哄，沉默不下來。

「有什麼不公平？你們知道些什麼？」我問。

「他們都有作弊。」其中一隻沉默的小羔羊答。

「作弊？你們親眼看見？」我再問。

「當然，親眼看見，而且不止一次。期終考那一役，我就坐在他們身旁。」另一隻小羊有點憤慨。

「那麼你們肯做證嗎？」我認真地問。

「我肯。」「我也肯。」「當然啦！」

沉默的小羊不再沉默了，我們有了不平則鳴的共識。

就在等待時機之際，黃老師在班主任課堂上的一番話，直接令事件升溫。

課堂上，他對去年留班那些同學加以讚賞，讚揚他們「知恥近乎勇」，在這學年勤力用功，令成績大躍進，他還指出，去年留班的同學全都可以升班，除了一個……

除了一個？那會是誰？

「那是我，我的成績不好，不能升班，要『出校』了。」坐在我身旁的阿肥渾身顫抖，淚水簌簌地流下來。

我明白了，在我的嚴密監視之下，阿肥沒有再作弊，而且聽了我的鼓勵憑自己的力量應付考試，竟然因為這樣，她成了惟一要「出校」的留班同學！

之後，黃老師還公布了其他同學的名次和能否升班的結果——成績本來位於中游的同學全部要留班，包括我。我的成績在一班四十五人中排第二十一，竟因為商科班的兩科主科——打字和會計不及格，也要留班！

「要留班的同學不用灰心，留班是一個打好學習根基的機會，你們該以去年留班、今年成功升班的同學為榜樣！」黃老師這樣勉勵我們。

真諷刺啊，竟要我們學習那些同學！如果黃老師知道他們作弊的真相，還會這樣說嗎？

下課之後，我和一眾肯出來作證的同學開了誓師大會，就像要搞革命一樣，他們推舉了我作代表，因為他們說：「你的中文科成績最好，黃老師最賞識你，最相信你的話！」

我也義不容辭、當仁不讓，就邁開闊步，昂首向黃老師身處的二樓教員室步去。

「黃老師，我有事情要跟你談。」我的語氣沒有一絲猶豫、一絲戰兢。

「是關於你要留班的事？」黃老師以為自己洞

悉一切。

「不，那是更重要的事，我們可到別的地方談嗎？」

看到我一臉凝重，黃老師把我帶到校務處旁的會客室。

「去年留班今年得以升班的同學，都是靠作弊來取得足以升班的成績的。」我言簡意賅地揭發。

「這麼嚴重的事，你不可以誣告，有親眼看見嗎？」老師嚴詞厲色。

「有，至少有十個親眼看見的同學可以作證！」

「他們只在期終考作弊？」

「不，期終考和平時測驗都有！」

「那你們當時為什麼不檢舉他們？」

「我們以為可給他們機會……」

「當時能給他們機會現在為什麼不能？是因為你們要留班，以為揭發他們令他們不能升班，你們就不用留班？」黃老師搶白。

「不，不是這樣的……」

「你知道事情的嚴重性嗎？如果他們今年不能升班就要『出校』！他們已經讀到中四了，只差一年就可以取得中學畢業的資格。你知道只有中四學歷的學生找工作多困難嗎？你們現在為什麼不肯給他們機會？是為了你們自己？其實今年要留班的學生都是有幾科主科的成績不好，留班一年打好基礎對你們不是壞事呀！」

「這不是問題的核心，這是做人原則的問題！作弊的可以升班，而沒作弊的反要留班，這不公平。」不知從哪來的勇氣讓我向老師抗辯。

「你難道就不能為那些同學的前途想一下？」老師有點慍怒了，「讓他們取得中學畢業的資格，出來找工作也容易一點。如果讓他們讀到中四就『出校』，他們工作又找不到，豈不更容易學壞？以後社會上就多了一批壞分子！」

「靠作弊升學和畢業的學生，將來在社會中工作不是會作更大的弊嗎？學校教育向學生灌輸的不該是公平公正嗎？難道學校要教導我們作弊可以成大事？」

不知道哪來的智慧，讓我說出這一番大義凜然的話，令老師為之語塞。

然而，雖然老師被我駁倒了，往後一兩天卻一點動靜也沒有，他該沒有徹查作弊事件、推翻升級結果的意思。

那怎麼辦？距離放暑假已不足一星期了，我們還可以怎樣？我們這班革命分子再次聚集，這一次連成績較好可順利升班的同學，也加入了我們的陣營，在我慷慨陳詞之後，他們也簽名支持我們的揭發作弊革命，阿肥更應承做「污點證人」。

「可是，黃老師是班主任，他不肯查我們是沒有辦法的。」年年考第一的女班長說。

「怎會沒辦法？我們要施展合縱之計聯合六國

抗秦！」酷愛中史科的我突然蘇秦「上身」，過後連我也不知道當時為什麼會說這樣的話。

黃老師的所在是二樓教員室，為免打草驚蛇，我先到三樓的教員室做功夫，有意等到三樓教員室齊集了所有老師之際，用三尺之外可聞的聲線，向教我們英文科，素來愛抱不平的歐老師舉報了這樁驚天動地的作弊懸案。

在旁邊豎起了耳朵的老師們一聽馬上起哄，都圍攏過來，向我查問究竟。之後，同樣的戲碼又在四樓教員室中上演了一次。我們那一班有人集體作弊的事，瞬即燃起了燎原之火，一發不可收拾，在老師之間引起了廣泛議論，且造成了羣體壓力，逼使黃老師不得不徹查事件。

紙是包不住火的，我帶頭揭發作弊的事已經

讓作弊的同學知道，在某天早上，我甫踏進課室，就被幾個留班的同學走近圍住，其中一個惡狠狠地說：「膽敢告發我們，你該知道有什麼後果！」

另一個擠出譎異的笑容說：「一場同學，莫說我沒警告你，以後出入要小心一些！」

剛才那個接口說：「特別是下課別一個人回家啊！」

少年的我，堅信老師的教導：「自反而縮，雖千萬人，吾往矣！」沒有因為他們的恫嚇而憂懼。倒是當我回到座位之後，支持這次行動的同學都圍攏過來，鼓勵我：「放心吧，我們都支持你的！」「有什麼事我們一起承擔！」

這天下課後，我一個人邁步安全回到家中，

對兩位姊姊道出在班上被恐嚇的事，她們都表示支持，二姊還說：「只要自己知道是做對了便不用畏懼。」

行動還得繼續下去，第二天早上，歐老師告訴我校方有感事態嚴重，已決定徹查此事，囑我小息時將整件事向副校長交代一遍。

當我從副校長的辦公室出來時，遇上也被傳去交代的黃老師。我沒有迴避，黃老師卻鐵青着臉對我說：「把事情鬧大，令那些留班同學永不超生，你以為你們就會成為得益者，就可以升班了嗎？我告訴你，就算他們都要離校，我也不會讓你升班的。因為留班對你並無壞處，但被勒令離校，對那些同學而言，卻是終身的污點！」

我沒有懷疑，只有激動：「我不能升班也不要緊，那些同學的污點是他們不正當的行為引致的。我始終相信公平公義一定要彰顯出來，特別在我們當學生的時代，如果現在不爭取，將來在社會上工作也是不懂爭取公義的人！」

「那麼，你也要準備承擔自己行為的後果。」黃老師絲毫不假以辭色。

聽了老師的話，我感到很委屈，也許黃老師一直以為這是我不甘心留班的意氣之爭，在他說完話轉身走開之際，我眼中的淚水馬上奪眶而出，再也控制不住了。

暑假前的最後一天是派成績表的日子，我們都知道這是我們被正式告知全年成績和能否升班的一天。這一天，有份參與作弊的留班同學沒有上課，據悉他們已被告知要離校，而原來還有一些不是留班的同學也參與了作弊，他們的成績原來是可以升班的，卻因為作弊而成績不獲承認，受到留級的處分。

因為有不少原本可以升級的同學要離校或留班，有大約十多個升級的位置空了出來。當時我在班中考第二十一，排在我後面考獲二十幾甚至三十幾名的同學都可以升班，但我卻要留班，不能升上中五，要重讀中四。

我當時有感到憤憤不平嗎？肯定是有的。那為什麼我當時不作垂死掙扎、反撲，把事情鬧得更大，令家長甚至校外人士也知道呢？

因為我當時雖然深深不忿，但還是理性的。在學期開始時，黃老師已講過有明令商科班兩科商科主科不及格的同學不可以升班，而我的其他科目及格，但兩科商科不及格，其他可以升班的同學大都商科兩科及格，或只有一科不及格。

其次是我領悟到事情的背後，有不同方面的角力與互相安撫。作為我這個令眾多同學要離校的罪魁禍首，如果可以因而順利升班，相信會引起不少離校的學生或其家長的不滿與反撲，那會令事態變得更糟。讓我也要留班，也許是雙方「各打五十大板」的較平衡做法。我當時這樣想。

至於我不再爭取升班，也因為我在黃老師面前說過我這樣做不是因為要讓自己升班，於是，也只好默然承受。

然而，我卻沒有打算就此蟄伏，乖乖的留在原校重讀中四。我仔細分析過，以我讀這所中學的水平和我這年考取的成績，該可以在一間成績中等的學校升讀中五。於是，我沒和家人商量，在翌日不動聲色地自己去找學校，心想如果我找到學校升學不用留班，家人也該會同意的。

我選擇了到我童年時代住了十二年的旺角區的中學叩門。升中時因為申請到廉租屋，我們闔家搬進葵涌的屋邨居住，因而母親要我選擇在家附近的中學就讀，如果讓我自己選擇，我是寧願在我成長的旺角區讀書的。

到我選擇的中學要走一段長長的斜路，走在這條路上的我，是百感交集的。一個人走在漫漫長路，靜下來的我，才漸漸明白自己為何感到如斯不忿、如斯委屈。

中四的下學期，母親被證實得了肺癌，下學期開始後不久，母親已經住進了瑪嘉烈醫院。

記得母親在初期住院時，總叮囑我要以學業為重，多留時間溫習功課預備考試，不要常到醫院探她。隨着病情急轉直下，她知道自己餘下的日子不多了，就改而對我說：「要多點來，見媽媽的機會不多了，多點來，讓我看看你……」

就在考試前一星期，母親被安排到了末期癌症病人的寧養醫院——南朗醫院，我和姊姊每天由葵涌梨木樹乘車到位於黃竹坑的醫院，每一趟乘車、等車、轉車要花兩個多小時，來回加上留在醫院的時間每次是六、七個小時。我每天下課後就趕到醫院，探完病回到家裏通常已是晚上十一時了。在這段日子裏，我常是在巴士上或母親的病房中完成功課及溫習的。

在醫院病房停留的時間愈來愈長，回家的時間也愈來愈晚，有好幾次醫生告知我們母親也許捱不過這晚，叫我們不要離開。就算上課的時間，我也是憂心忡忡地度過，因為母親病情危急，哥哥姊姊曾到學校來找我，帶我到醫院見母親，因此，在這段日子裏，上課時我常留意着課室的門口，憂心兄姊的身影再在課室門外出現。

在這種水深火熱的日子裏，我仍堅持在巴士上、在母親的病房中溫習，就是希望可以取得好一點的成績，讓母親告慰。然而，事與願違，我這一年竟然要留班。雖然，在拿成績表的前幾天，母親已經永遠離開我們而去，但未能升班這事始終令我感到對母親有所虧欠，成了一個遺憾，令我久久不能釋懷。

走完這長長的一段路，終於到了那間學校，這裏的老師看過我的成績表之後，告訴我他們的中五班還有剩餘的學位，以我的成績要插班該是沒問題的，但這得讓校長來決定，囑我留在休息室裏等候結果。

在等待的時候，我打電話回家給姊姊告訴她情況，她對我說：「剛才有一位姓黃的老師打電話來，說是你的班主任，叫我告訴你他已經安排你下一年轉到中四文科班，還幫你辦好了手續、交了留位費，叫你下學期開學時一定要回去上課。」

如果說剛才的心情是百感交集，此刻更可說是萬感交集了。老師為學生註冊來年學位、交留位費，甚至幫她由唸商科轉去文科，這在學校裏是前所未有的，我拿着電話筒怔怔地發了呆。

回想我和黃老師的這番「鬥爭」，從來是「對事不對人」的，只是二人對事件的嚴重性、帶來影響的觀點與角度有所不同，其實我對黃老師沒有怨懟，尊敬的心從未改變。聽了這個電話，更讓我知道老師對我的關心亦從沒改變。由學年開始他一直認為我不是唸商科的材料，一直認為我較適合唸文科，此時他沒問我是否同意便為我轉了科，這純粹是為我好、為我打算。此刻，在為找學校而徬徨、憂心的我，彷彿一隻無舵的小舟忽然看到了涯岸、找到了方向。

掛線之後，沒再去詢問學位的結果，我就逕自回了家，安心等待下學年開學。雖然要重讀中四，但在漫長的暑假中，我的心情漸漸由憂心變為期待，這是因為感到背後有一種力量在支持，有人對我有期許，不能有所辜負、退縮。

重讀中四那一年，我遇上了好老師、好同學，在良好學習氣氛中，中文、中史、文學三科的成績都名列前茅，考到了全班第二名。

這一年，黃老師沒有教我中文科，轉為教中史科，我們之間前嫌盡釋，直至後來我在中學會考中，中文、中史、文學三科都取得優良成績，得以在原校升讀預科，可說是不負老師的期望，他也為我感到高興。

以為黃老師待我的師恩至此已說完？錯了，在我的預科階段，我受到老師的人格感召更深。

在述說這段往事之前，有些細節得解釋一下，那個年代還未有大學聯招，預科學生要升讀大學，需報考高級程度會考（Advanced Level，升讀港大必須通過此考試），或高等程度會考（Higher Level，升讀中大須通過此考試）。這兩個考試的課程內容是大大不同的，在此之前，一些想進入中大的學生可以在中六這年報考高等程度會考（當時中大的預科是一年制，港大的預科是兩年制的），但學校的預科是以考港大為主的兩年制，並不鼓勵我們報考這考試，因為考試範圍不同，分心準備另一個考試會影響高級程度會考的成績，減少入港大的機會。

我和另一位同班同學因為較想入讀中大，所以都準備在中六這一年報考高等程度會考。過去學校都會採取「隻眼開隻眼閉」的政策，既不鼓勵，也不制止，但報考另一個考試少不免會驚動校方，想不到，我又再次引發了軒然大波。

不知道為什麼，校方這次對於我們報考高等程度會考有很大的反應，其中一個原因，也許是擔任我們中四、五班主任的老師指出：他曾清楚對我們説過校方明令禁止中六學生報考其他考試，我和另一位同學卻記不起讀中五那年他曾經對我們説過這些話。

因為這位老師力證我們是「明知故犯」，有些老師認為要嚴懲我們以儆效尤，有些更提議要對我們這次違規行動作出扣操行分的處分，學生操行分被扣了某個分數就會要留班或出校，令我們記取此教訓。

校方就此問題在某天下課後集合了全體教師開會討論。開會前，有不少同學多方刺探、奔走相告，就這校園大事議論紛紛，但身為肇事者的我，卻沒有太大反應。那時我認為報考高等程度會考壓根兒不是錯事，那是學生的應有權利，校方其實不用有這麼大的反應、有什麼大舉措來應對。當時，我的表現也許並不是什麼「自反而縮，雖千萬人，吾往矣！」的勇敢表現，我只是一貫地認為只要知道自己沒有錯，就不用太理會、介懷別人的反應，所以也沒有打聽校方為什麼召開一個會，以及會在哪裏開、何時開。

記得當有一個晚上，我在下課後留在學校溫習(當時學校有一個德政是讓學生可以留在學校溫習到晚上十時，免卻學生徬徨找溫習室溫習之苦)。當我在校園的花園中邊漫步邊背誦課文之際，有一個神色慌張的同學高速跑過來向我報告：「此刻學校老師正在為你報考高等程度會考的事開會討論，你這罪魁禍首卻在這裏悠閒散步！」

我只好說：「他們又沒傳召我去作供，你認為我該怎樣？」

此時，又有另一個同學氣急敗壞地跑來對我說：「老師們吵起來哩！他們為你的事吵起來了，鄺老師更邊說邊哭哩！」

這個同學煞有介事的接續說：「鄺老師聽到有老師提議要扣你的操行分，讓你中六一定不能升級，激動得哭了起來。她對其他老師說起你的悲慘身世，說你的媽媽一年前剛過世，你剛從喪母的傷痛中振作起來……」

雖然十分感激有老師這麼關心我的景況，但也十分不明白本來只是小事一樁，卻弄到這麼戲劇性，像要引發大戰一般。理性地分析一下，當時畢業於中大、港大的老師分成兩大陣營，也有站在學生和學校立場的兩大陣營，一場小風波，可能引起不同背景、有不同觀點的老師爆發爭論。

翌日，我跟鄺老師談起此事，她略去自己說到激動下淚的一節，卻道出了黃老師慷慨陳詞的一段。

當有老師提議要扣我的操行分，令我因此不能升上中七時，贊成、反對的老師為此爭論不休、寸步不讓的時候，大義凜然的黃老師站起來說：

「真要這樣的話，你們扣她多少操行分，我便給她加回多少！」

老師不是偏幫我，他只是為正義而戰，為捍衞學生的應有權益而戰。事情的結果是：校方果真扣了我十分操行分，扣減後，那是要留級的分數。當時是學期初，是各社、各學會選社長、會長的時候，中六在那時被稱為「蜜月年」，因為中七才需應付公開考試，中六這年大可享受一下，所以老師常會選拔中六的學生擔任要職。

負責中文學會的黃老師就選了我擔任學會的會長，亦得到其他負責老師的同意，使我順利當上了

「把事情鬧大，令那些留班同学永不超生，你以為你們就會成為得益者，就可以升班了嗎？我告訴你，就算他們都要離校，我也不會讓你升班的。」

中文學會的會長，並因此而獲加三分操行分。

學校的慣例是熱心服務老師、同學的學生都會獲加操行分，而擔任學會會長、社際社長的學生也會獲得三分操行分以示獎勵。如此這般，黃老師實踐了諾言，加了我三分操行分，而我也沒讓他背負偏幫學生的嫌疑，在中文學會以外又僥倖地獲同學選為紅社社長，再獲得三分操行分獎勵，因此更可名正言順、順順利利地升上中七了。在社長選舉中，我得到老師和同學的支持，成了黃老師沒偏幫我、委任我做會長不是出於私心的旁證。

黃老師在我重讀中四那年代我交留位費、代我安排轉讀文科，這行動改變了我生命的軌跡。倘若當時我沒有改讀文科，我不會因此在文科取得好成績而升上中六，日後考進嶺南主修中文，之後該更不可能當上編輯、作家了。

黃老師也成了我處世為人的榜樣，他教我們做人要「規行矩步」、要「擇善而固執」，這一直是我的人生座右銘，是「雖不能至，然心嚮往之」的。

沒有翼的天使

原來過去在老師笑着問候我、關懷我的時候，

她正受着病魔的折磨，每天要洗腎、呆等着做換腎

的手術是多大的折騰！而我，當時竟一無所知，

還在電話中向老師訴説着我生活中芝麻綠豆般的所謂挫折！

鄺老師是我中四、中五那年的文學科老師，雖然只教了我短短兩年，卻發展成一生的緊密關係，直至如今，我仍和老師時有聯絡。老師關心的，不止於我的學業、事業，甚至我的衣食住行、起居飲食。

由於鄺老師和黃老師是在同一間教員室的，且坐在黃老師隔鄰，我讀中三那年時常到教員室找黃老師請教語文科的問題，鄺老師對我已有點認識。其後黃老師向她透露過我自小父親已病歿，唸中四時母親又離世，鄺老師對我更有關懷、憐憫之情，所以，到鄺老師成為我的文學科老師時，對我表現得關懷備至，這在老師和我的同班同學之間，幾乎是無人不知的。

在我中學畢業後，鄺老師和同校工作的甘老師結婚，我也在被邀參加婚禮之列，其後，更常是老師家中晚膳的座上客。因此，在我唸高中時的週記、在社會工作後寫的日記中，也常有鄺老師的出現，甚至成了其中許多篇的敘事主角。

週記一（中四的週記）：

這個學年開始，我不再被班主任編排到班中最後排的座位，倒被安排坐到近門口的第一行第一個。近門口的一行因為開門處不能放桌椅，所以這一行特別短，只有三組桌椅。愛作理性分析的班主任說後面的同學是從側面斜角度看黑板的，較高的同學坐在前面也不礙事，他還對我説：「你們這些『高人』一定從沒機會坐全行第一個，這次就讓你體驗一下吧！」

老師的出發點是好的，可是卻好心做壞事，坐全行第一個的體驗對我來説並不好。

因為坐在最近門口的第一個位置，轉堂時要為愛作反的同學把風，看看下一課的老師來了沒有，或者訓導老師有沒有路過。可是，因為我不擅長「把風」，令自己也走避不及，成為受害者。

話説我們 4B 的課室就在三樓教員室的旁邊，是部分老師回教員室的必經之地。這天，合該有事，正當我把頭轉過去和鄰座的同學聊完幾句之後，赫然發現使用三樓教員室的鄺老師竟已站在我的面前，很近很近，她的頭也湊近我的頭……

本來，鄺老師站在我面前不是令人感到驚嚇的事。她是我們的文學科老師，因為我文學科的成績好，加上我讀中四這年已父母雙亡的事觸動了老師的同情心，她對我是特別疼愛的。其一她不是訓導老師，其二我當時並沒有在嬉戲，本來她站在我面前不該讓我驚恐。然而，令人震驚的是她突然伸出雙手，在我兩邊的臉頰上狠狠地捏了一下，同時嚷：「這學生真可愛啊！」

我的臉蛋其實不飽滿、不胖，而且已經讀中四了，還有什麼可愛不可愛的！本來老師突然進到我們的課室來站在我面前，已引起了部分同學的注意，她突然冒出這一句，更令全班同學的視線焦點都集中到我身上！

也許此刻老師也察覺到自己的行為有點突兀，她對我笑了笑，就退出了課室。老師這快捷的舉動前後只花了幾十秒，但已夠我受的了。在往後的整個星期，我不斷被同學取笑，他們不時來捏我的臉蛋，同時大嚷：「真可愛啊！」

週記二（中四的週記）：

站在三樓的教員室門外，好一會，我才有勇氣推門進去。鄺老師坐在她的辦公桌旁，她當然在，我從外面窺探了很久，知道她已回到教員室的。

看見我進來，其他老師已知道我是來找鄺老師的，他們都知道我和鄺老師感情最好。

老師看見我，嘴角已泛起溫煦的笑容。本來趑趄不前的我，鼓起勇氣走到她桌前，一鼓作氣的説：「鄺老師，我有一個請求，請你以後在派發文學測驗卷的時候，別再把我的答案當作標準答案誦讀出來，也不要再將我的測驗卷貼在壁報板上了。」

「哈，哈，為什麼？」老師看着我緊張兮兮的表情，像是感到很有趣似的。

「因為……因為有同學會認為老師偏心，認為老師改卷不公道，影響他們對老師的印象就不好了。」

「怎會呢？他們看到你的試卷，都知道那是實至名歸的，而且，我也不介意別人怎樣看，自己知道沒什麼就行了，不用害怕別人誤會。」老師好言安慰。

「可是，可是，」這刻，我知道要讓老師改變主意，非得用自己的慘況打動她不行，「有些同學會說些令人尷尬的話——例如說老師是我的『誼母』之類，而且，他們因為我拿的分數高，在溫習時常來問我問題，要我給測驗『貼士』，讓我不能專心溫習，浪費了不少時間……」

老師聽了我的陳情，似乎是被我的慘況打動，勉為其難地說：「也許你真的感受到同學之間給你的壓力吧，其實是不用介懷的，清者自清就行了。但想到你年紀小面對這些是不容易的，好吧！今後這一兩次測驗就照你的意思吧！但是，我沒有了你的測驗卷作標準答案，要找答案給同學參考就不容易了，真令老師傷腦筋呀！哈，哈。」

從容地「哈哈」地笑，是老師的招牌笑聲，她彷彿對一切困難也可從容面對，從沒見過她發怒罵學生，臉上總是一貫的寬容、優雅，彷彿一切困擾也不會跑進她心中，一切煩擾也不會形成她臉上一條至幼的細紋……

就這樣，寬容的鄺老師在幾天後派文學科測驗卷時，好像很辛苦地從幾個同學的測驗卷各選一題拼湊成一份較可取的參考答案，在一口氣讀了幾個同學的答案之後，她才鬆了口氣的向我展露笑容，表情好像在問我：「這樣你滿意了吧？」

週記三（中六的週記）：

今天是高等程度會考放榜的日子，我是否可以進中大，從今天收到的成績便可知道一二。

我如常上課，因為之前為了考這個試已經請了許多天的假，不能因為放榜再請假了。這天，除了我和班上的另一位同樣報考了這試的同學有點心緒不靈、心不在焉之外，其他一切如常。

如果沒有郵遞延誤，午飯時間回家時就該收到成績，我當然會在聽到下課鐘聲後就立即跑回家，至於之後還有沒有心情吃午飯哩？那實在未可逆料……

午飯後的第一堂課是文學課，向來上中文、中史、文學課從不打盹的我，這一課竟有兩次幾乎讓下巴直插到桌上。我感到自己的身心再也沒能量支撐下去了。

轉堂時，察覺到我的神情有點異樣的鄺老師把我叫到課室外的走廊，一臉關心地問：「怎的累成這樣？沒吃午飯嗎？要不要來教員室拿些餅乾吃？」

我點點頭，然後搖搖頭。點頭是因為自己的確沒吃午飯，搖頭是因為沒吃午飯並不是引致身心疲累的原因。思考半晌之後，我再搖搖頭，婉拒到教員室拿餅乾的建議，因為吃再多也無補於事，而且，此刻連吃的力量也沒有了。

鄺老師見我點頭後又不斷搖頭，有點失笑，但看到我木無表情，又馬上轉笑為憂，擔心地問：「那是為什麼啊？噢，我記起來了，今天是高等程度會考放榜的日子，今早我還惦記着要問問你的情況，可是回到學校一忙就忘了，難道你……這樣是因為……」

被老師這樣一問，久被壓抑的情緒恍似被引爆了，我眼眶一紅，哽咽着說：「我對不起你和黃老師，只考到僅僅及格的成績，今年入中大是無望了……」

老師看到紅着眼眶的我，帶點不忍的安慰：「今年不行就明年再考吧！有了今年的經驗，繼續努力，明年一定能拿到好成績的。你已付出了這麼大的努力，又怎會對不起我和黃老師呢？」

「你和黃老師在學校的會議上為我們報考中大的權利而據理力爭，可是，我卻這樣不爭氣，考得不好，也許會累你和黃老師被當時反對的老師揶揄的……」

一直以為自己對這些不在意，原來還是挺在意的，只是在戰意高昂時，這種「在意」被壓下了，直至情緒低落時，這種「在意」才浮現了出來。

「你怎會為這些事介意呢？」老師柔聲説，「你不記得黃老師常教導你們：『自反而縮，雖千萬人，吾往矣』嗎？只要自己做了認為對的事，問心無愧便行了，不用理會別人怎樣看。就算將來進不了中大、港大，入讀浸會、嶺南等不一樣可以投入學習嗎？到社會工作後忠於工作、貢獻社會，不是一樣堂堂正正地做人嗎？所以，現在是不用為此介懷的。」

聽了鄺老師的安慰，我想起了黃老師常唸誦的話：「力量是主觀的操之在我，形勢是客觀的成之在人，故制機在我，不責於人。」他也教導我們要「盡人事，聽天命」，盡了力就問心無愧。

「你試想想，我是中大畢業的，黃老師是台灣政治大學畢業的，不一樣在這裏教你們？畢業於哪間院校不重要，自己的個人學養、修養才重要啊！」鄺老師進一步向我申明。

「好了，回去上課吧！我知道你夠堅強面對失敗的。黃老師也很關心你的，我會為你轉告他，免得你又要向他交代一次……」

看到我緊皺的眉頭稍為紓緩了，老師原本拿了一張紙巾想遞給我，此刻卻把手垂下，笑問：「這大概不需要了吧？」

我抬頭看看她，努力令原本緊抿着的唇稍弛，讓嘴角稍微上翹，向老師搖了搖頭。

日記一（嶺南畢業後工作第一年的日記）：

和鄺老師約在一家餐廳喝下午茶，看到她拿着大袋小袋的，我問：「剛才去逛街購物嗎？收穫很大哩！」

「沒有啊！東西都是從家裏拿出來的。」她把大包小包一一放到座位旁，好整以暇才説。

「從家裏拿出來？一會要去哪裏拿給人？」

「都是給你的。」

「給我的？」

「對啊，」鄺老師打開了一袋又一袋，把袋中的東西一件一件撿出來，如數家珍地說：「這幾件套裝，用來上班最適合，有三、四套不同顏色的，花點心思再搭配一下，一個星期六天上班該夠穿的了。你看，這些白色、米色襯衣，用來配搭短裙最好；上班穿的裙子不宜太短，這兩條杏色、啡色及膝裙最適合，容易配襯啊！還有這兩件薄外套，開會時穿上就不會着涼，那些會議室的空調通常開得大。還有這兩件絨褸，一件長的一件短的，天氣要轉冷了，前一兩次看到你穿的大衣太薄了，不能耐寒，穿上這些該足夠了。」

看着這一大堆衣物，我呆了半晌，不懂如何反應。

「不要嫌棄啊！有些是我穿過兩、三次的，有些是買了回來壓根兒沒穿過的。我專誠挑一些寬一點長一點的拿來給你，你身材比我高啊！」

「可是，可是……衣服都這麼簇新，你可以留着自己穿呀！」

「反正放在家裏也是浪費的，你合用就好了。你剛出來工作沒有多少收入可花在穿戴上，可這社會裏許多人都很注重衣着打扮的，尤其是你在船公司工作，常要外出見客人，穿的方面不能不在意，你的女同事們一定花許多時間打扮吧？」

聽着鄺老師的話，我想起上星期一在部門例會中，我的上司邊打量我穿的鞋子邊說：「你的薪金連買對像樣點的高跟鞋也不夠嗎？你看，其他女同事穿的都是名牌的高跟鞋！客人看在眼裏，會以為我們公司的待遇很差啊！還有，怎的從沒看到你穿洋裝套裝的？你看其他部門的女同事都這樣穿，你卻總是恤衫、長裙，還來來去去都是那幾件，客人看見了以為我們公司的營業員穿衣都那麼沒品味！」

聽了他的話，我只好默然無語。一早知道我在同事中是個異類、怪物。我的薪金的確不多，每月發薪後實在沒錢買幾件名牌衣服，我實在不明白女同事們為什麼會有錢買名牌手袋、高跟鞋。我看到他們的錢包中有一大疊信用卡，我實在不想過入不敷支、表面風光的生活。

看到鄺老師這麼辛苦地從老遠的家為我捎來這幾大袋衣物，我有點哽咽了，只好拿起奶茶，呷一大口，把茶連同淚水一起咽到肚子中。

「好了，好了，這芝士蛋糕你要多吃點，你還是這麼瘦不行的啊！」

自從預科畢業到進了嶺南，直至畢業出來工作，鄺老師對我的關懷從不稍懈，一個月總會來兩次電話問候，甚至我的衣食住行各方面，她都關懷備至，令我雖然身邊沒有多少個家人，卻從不會感到缺乏關懷、無人關顧。

這一頓下午茶，我忘記了有沒有向鄺老師道謝，也許有，都只會是羞怯怯的輕聲説謝謝，然而，在我的心裏，是無數次重複又重複地向她高聲道謝的。

日記二（嶺南畢業後第二年的日記）：

今天鄺老師相約我吃午飯的地點是一家酒樓，她知道我愛吃這間酒樓的點心。

「收到你可以進研究所唸碩士的消息，真為你高興啊！」

她的臉上是一貫的溫煦笑容。

「其實畢業後一直想繼續唸下去，但一直擔心學費……」我在老師面前從不用有所隱瞞。

「現在學費的問題解決了嗎？」老師關切之情溢

於言表。

「當然得省吃儉用，政府的學生貸款還差一年才還完，多捱一年就可以不那麼吃力。入讀研究所的政策明年會有所變動，明年才進去就會困難許多，學費也會貴許多……」

「省吃儉用也不能太苦了自己，上次聽你說上茶樓的次數也不多吧？同事們不是都愛午間到茶樓吃飯順道聯誼一下嗎？」

「上茶樓花費太大了，我多是到快餐店買飯盒的。」

「那怎麼行？蔬菜也沒有，不夠營養的，你喜歡吃點心，就該偶爾也上上茶樓，也該和同事多點溝通、交流啊！」

老師說完，從手袋中拿出一個信封交給我。我有點錯愕，緩緩地打開信封，裏面竟是一張四千元的支票。

「知道你唸碩士要用錢，這點錢該夠付第一個學期的學費。」

「這怎麼可以？」我想把支票送回去，那伸出來的手卻被老師半途擋住。

「要還的呀！將來薪金加了、手頭鬆動了就還給我。你身體不怎麼好，還要省吃儉用，能持久嗎？一時周轉不來，還政府的貸款遲了的話，可要被罰款的，這也划不來呀！你就安心拿去吧，我又不缺錢用。」

「可是……」

「還可是什麼……奶黃包放涼了不好吃，快吃吧！」

沒想到最明白我的需要、最感受到我內心不安的，不是我的兄姊、好朋友，卻是兩三個月才和我見面一次的老師。

我常跟朋友說：有一位老師一直待我如家人，就算在中學畢業後許多年，她仍一直關顧我生活上的需要，有這樣的一位老師，常令我的朋友們羨慕不已。

日記三（大半年前的一篇長日記）：

今天和鄺老師約在又一城的一家餐廳喝下午茶，向來準時的老師先到，我只遲了一分鐘，她已經坐在那裏，久違了的老師仍是一貫的雍容、溫雅。

「看來臉色很好，精神不錯呀！」老師笑着說。

「對呀，這兩天無論精神、心情也好多了。」彷彿經歷劫後餘生，說完這句話，我長長吁一口氣，正準備向老師報告一切。

「該是沒事了吧！我早說過會沒事的，就算真的有事，那只是初期，而且香港的醫療發展這麼迅速，要治好也是很容易的。」

這兩個月來，在我憂心忡忡的日子裏，老師也是時常在電話裏這樣安慰我，她溫柔且充滿鼓舞力量的聲音，一直是我勇敢面對挑戰的動力。

「你沒事的消息，是我今天從報章上看到你的專欄文章才知道的，你還沒有告訴我呀！」老師的說話中沒有半點怪責的意思，她的話是在笑語盈盈的表情中說出的。

沒有打電話告訴老師自己沒事，是我想在見面時親自向老師說清楚，我知道她一定會和我分享這份平安與喜悅的。

「我……」剛想說話，不知道為何哽咽了，也許因為前陣子心情太沉重，也許因為喜悅化成了淚水。

透過盈於睫間的淚水，我看着餐桌上的報章專欄，回憶起這陣子的艱辛。

* * *

等待 *(我的一篇報章專欄)*

於十月中的例行身體檢查中，醫生發現我的身體出現了點異常的狀況，叮囑我作更詳細的檢查，由那一刻我開始了漫長的「等待」。

接着是找專科醫生檢查，等排期見醫生，等安排接受檢查，然後是專科醫生發現除了原本的身體某部分有點狀況外，另一個部位也出現了點問題，要再作檢驗。

如此，照了超聲波、X光之後，還要重複照一次，之後，醫生建議作抽針檢驗。朋友提議多找一位更資深的醫生給予意見，於是，等待的程序再重複。

因為那位醫生的病人很多，單是等待見他，已需要大半個月。好不容易，經歷了身心的煎熬、心情忐忑的日子，在見醫生前一天，護士竟來電説醫生有手術要做，約見要推遲一星期！

膽小、愛憂慮的我，在那一刻問神：為什麼我要受這些折騰？約好了、等了這麼久才可以見醫生，為什麼又要改期？神到底有什麼心意？有什麼安排？有什麼要教導我？同時，也開始埋怨身邊的朋友對自己的關心不夠。

在心情七上八下的時候，想找一些詩歌平靜心情，偶然聽到這篇《聖法蘭西斯禱文》中的幾句：

哦，主啊，使我少為自己求，
少求受安慰，但求安慰人，
少求被瞭解，但求瞭解人，
少求愛，但求全心付出愛。

受到歌詞的啟發，我開始思想：醫生因要為另一位病人做手術而要我延期，當然因為那位病人的情況更緊急。於是，我為那位要做手術的病人祈禱。我同時明白到——這個世界不是圍着我轉，我也不是故事的主角，醫生和神不是為了要我怎樣怎樣才推遲了時間，而是——世界上還有許多其他人，他們有許多不同的需要，此刻，他們比我更需要醫生的醫治、父神的安慰。

其後，聯絡上我曾認為對自己不夠關心的朋友，竟發現他們面對的困難比我的更大，我又馬上為他們祈禱，關心他們的需要。

原來，把眼目由自己身上移開，投向別人，反令我們的心靈輕省一點。不再專注於自己身上的憂煩，不只注目於自己的軟弱，反而可以讓自己放下心中的重擔。

雖然，之後還是要等待一次又一次的檢查，等待報告，但是，那些等待的日子已沒有那麼難熬，而最後亦獲悉身體只有點小問題。感謝神讓這次等待成為訓練我凡事包容、凡事相信、凡事盼望、凡事忍耐的功課，讓我學習到把目光與關注移向別人，讓我相信下次當我再遇上考驗，我會更剛強、壯膽。

＊　＊　＊

「老師，其實這陣子你一直透過電話鼓勵我，一知道身體沒事的消息，我第一時間想打電話給你，只是……只是……不知怎的，只想當面對你說，才拖延了幾天到現在……」

其實我是知道原因的，在我心裏，老師一直是上帝派來的天使，我在聖誕樹上喜歡掛天使公仔，挑賀卡也喜歡選有天使圖像的，因為天使臉上的溫煦笑容，永遠是人間最大的安慰，讓人不想錯過，那豈是透過電話的寥寥數語所能取代的哩！

老師聽了我的話，臉上泛起滿意的笑容。眼前這位天使，她的臉容跟賀卡、聖誕樹上的天使有點不同，那些天使的臉多是白皙的，可是老師的臉略帶黝黑，雖是黝黑，卻一點不憔悴，仍是精神煥發的。

記得讀中四那年上鄺老師的課，她時常會帶着一臉羡慕對我們說：「你們這年紀真令人羡慕，我在你們這麼年輕時也一樣，洗把臉就可以出去，臉色是白裏透紅的，甚至連潤膚霜也不用搽，青春本身就是最佳的美容品。」

其實那時老師的皮膚也很好，白皙的膚色配襯起她愛穿的旗袍，意態雍容淡雅，身形纖穠合度，是穿旗袍的最佳示範。

老師的膚色由白皙變為有點黝黑，是多年前我和老師茶敘時發覺的，那一次茶敘亦是一次久別重逢。有一陣子沒有接到老師的電話，粗心大意的我以為只是因為老師太忙，而那時我也忙於處理自己在事業、人生中出現的轉折問題，自顧不暇，便沒有關注老師的事。後來才懂得細數，已經接近半年沒有和老師聯絡了，那是前所未有的事。然後竟聽到一些中學舊同學之間流傳老師染了重病的消息，於是急忙打電話給老師，約她茶敘。

那一次茶敘所見，老師臉上雖仍是掛着親切的笑容，但臉龐已見清減，而臉色由原來的白皙變成有點黝黑。

想必當時老師也看得出我的神情有異，我立即坐後了一點，沒讓老師察覺出我對她身體狀況的擔心。

「老師，很久沒見了，聽同學說你身體抱恙……」

那一刻，我實在羞愧得幾乎無地自容，老師對我是那末關懷備至，在此之前每月總會給我一、兩次問候電話，但此次老師抱恙，我竟在半年裏對此不聞不問，直至同學告知我這消息，當時同學們還不敢置信地問：「什麼？你竟會不知道？你不是跟鄺老師最親近的嗎？」

「不用擔心，我現在不是挺好嗎？」老師發出爽朗的笑聲。

「可是，我竟不知道老師抱恙，連問候的電話也沒一個……」

「你也有自己的事情要忙嘛，而且，你現在不是找我了嗎？真是心裏不安的話，這一頓下午茶就由你來付帳吧！」老師還掉轉過來安撫我。

「關於你的病……」對於老師的病情，我急於問個清楚。

「現在沒事啦！我已經是新造的人，有一個新的、健康的腎！」

新的、健康的腎？原來老師之前患了嚴重的腎衰竭，需要洗腎來維持生命，兩個月前才做了換腎的手術，逐漸康復過來。

原來過去在老師笑着問候我、關懷我的時候，她正受着病魔的折磨，每天要洗腎、呆等着做換腎的手術是多大的折騰！而我，當時竟一無所知，還在電話中向老師訴説着我生活中芝麻綠豆般的所謂

這兩個月來，在我憂心忡忡的日子裏，老師也是時常在電話裏這樣安慰我，她溫柔且充滿鼓舞力量的聲音，一直是我勇敢面對挑戰的動力。

那年老師教曉我的事

挫折！

「之前那些日子必定很難過吧！」也許因為之前一直都只是老師關心我、問候我、鼓勵我，到我該對她說同樣的話時，竟結結巴巴的說不出來。

「有甘 Sir 在我身邊照顧我嘛！現在不是沒事了嗎？」

「可是……可是……」

「怎麼婆婆媽媽的，這不像我那個有話直說的學生啊！」老師笑着責備。

「在老師那麼辛苦的日子中，我竟沒在身邊陪伴，連到醫院探望也沒有，這多令人慚愧——」

「是我沒告訴你，不是你不肯來呀！都說我有甘 Sir、有家人在身邊照顧不就行了嗎？倒是我在病中想到你一個人沒家人在身邊，一旦病了或心裏不開心就沒人關懷、開解了。」

「老師……」我又哽咽了，再說不下去。老師在病中竟還想到我，還為我在擔心、牽掛！

人們常說我們身邊有上天委派下來的守護天使，除了父母、家人，我深信我們讀中、小學時的老師也一定是我們的守護天使，他們守護着我們成長，無私奉獻出關心與愛心。

透過眼中淚珠的折射，在矇矓之中，我看到坐在前面的這位守護天使，身上彷彿有着閃亮的光環，令人時刻感到溫煦，如沐浴於春風之中。

日記四　(半年前的日記)：

沙田大會堂的咖啡廳在三、四時的下午茶時間裏，差不多坐滿了人，正擔心找不到座位時，瞥見鄺老師已坐在安靜的一角看書。

「老師，這麼早就來了？還沒到三時啊！」我拉椅子坐下，對鄺老師說。

「反正沒什麼事，我早點來坐坐看書。」老師合上了書，看着我笑說。

「麻煩老師遷就我到這邊來。」

「我住大埔，來沙田也很方便。反而是你，舞台劇下星期就首演了，這陣子排戲很忙吧！」

「對啊，彷彿千百件事情都在這星期排山倒海地湧過來，向來懶散的我真有點透不過氣來哩！」

「都是為了這個籌款劇吧，為了幫人要辛苦一點了，這劇的籌款是為了……」

「為了在囚的更生人士籌款，為了他們釋放後提供職業培訓的。」

「這很有意義啊！你很快又要回去看綵排了吧？這支票先給你……」老師說着，緩緩地從手提袋裏拿出支票。

支票上寫着的銀碼比我想像的多，我說：「籌款劇首映的貴賓票也不用這麼多錢，何況，我其實是想把門票送給你的，難得你和甘 Sir 肯抽空來支持！」

「多出來的算作我們給籌款劇的贊助吧！甘 Sir 每年給內地的大學生助學也會預留一筆錢，這次支持你們只是再多拿一點錢出來而已。有這麼一個學生肯為助人的籌款劇而出力，我當老師的也與有榮焉哩！一點心意而已。」

拿着支票，看着支票上同樣的簽名，我的思緒飄遠了。

多年前，我從老師手上接過有着同樣簽名的支票，那是老師借給我唸碩士的學費之用的。

「老師，你還記得嗎？許多年前，也曾有一個我從你手上接過支票的場景……」

「是嗎？那……啊，那是……」老師似乎想起來了。

「那是我唸碩士之前，手頭拮据，老師借給我數千元……」

「啊，那是許多年前的事了，還提來作甚？而且，那筆錢你早已還了。」

錢是還了，但恩還未報——此刻，我這樣想。

我猛然想起身邊放着的手提袋，珍而重之的把它遞給老師。

「老師，這是我要給你的。」

老師打開紙袋，把那件紫色大衣拿出來，然後，臉上露出了驚喜的表情。

「這件紫色毛呢大衣真漂亮，你花了不少錢買的吧！」

「老師，你穿上看看合不合身。」我拿起大衣，幫老師穿上。

「很合身啊，這鈕扣也很漂亮。」老師誇讚。

「老師，這是我親手造的。」

「是親手造的？」老師的臉上有着不敢置信的表情。

「是呀，我在早陣子沒那麼忙的時候，參加了一個裁縫班，一直有心願為老師造一件大衣。本來兩個月之前已經造好了，但一直找不到合適的鈕扣。此次為籌款劇訂製了天使形狀的金屬心口針作為答謝贊助人的禮物，我就拿幾顆改裝作大衣的鈕扣。」

「怪不得啊，這些鈕扣很漂亮，令整件大衣看起來更優雅了。」老師穿上大衣轉身顧盼餐桌旁的黑色玻璃窗，喜孜孜地說。

「老師穿着合適就好了。」我看着也高興起來。

「感謝你了，一定花了不少時間、心力吧！」

「老師，你跟我怎好說感謝，我要感謝你的事說一百句、一千句也說不完……」

「人怎能沒有感恩、惜福之心呢？我有學生會為助人而策劃籌款劇，又親自為我造大衣，我怎能沒有感恩之心？對朋友說出來他們一定很羨慕我有這樣的學生哩！」

老師帶點捨不得的把大衣脫下，然後愛不釋手地摩挲大衣的布料，好一會，才把大衣放回袋子裏。

「其實也想為黃老師造一件大衣，可是造男裝比女裝複雜，又不能拿自己來做衣架子試身。」

「對呀！為黃老師造一件也應該，等遲些兒你忙完再造吧！」

「老師，你記得嗎？我在嶺南的畢業禮上穿的學士袍也是黃老師借給我的。那年代租一件學士袍也要二百多元，我實在負擔不來，幸好黃老師肯借給我！」

「對啊！我也記得，當時我本來想把自己的那件借給你的，但我的身材比你矮，你穿上太短了，我才提議向黃老師借。」

「難得黃老師也肯借出來，第二天就遠道把袍拿給我。」

「所以你送了這麼好的一件大衣給我，也當一樣對黃老師表達一點心意吧！」

「兩星期前，我在紅十字會訂了一個暖水袋送給黃老師，是紅十字會義賣的小熊暖水袋，付了款他們就會代我寄給收禮人。我沒有黃老師的地址，就寄到學校去了，誰知上星期黃老師給我來電話，説他已經退休了……」

「連黃老師退了休你也不知道，那你這個學生就不乖了！他去年已經退休了啦！」

「在電話裏，黃老師還告訴我他剛從醫院出來，之前因為發現身上有一個血管瘤而進了醫院，幸虧瘤已經割了，已經康復出院……」説起黃老師的病，我的眼眶紅了。

「現在他沒事了就不用擔心了。看你，一説起黃老師的病就眼眶也紅了，他一直是你最敬愛的老師呀！」

「也不只他一個呀！」聽了老師的話，我有點不好意思。

「尊敬老師當然是好的，但其實老師真實的一面跟學生所見到的很不同，當教師的如果太在意在學生面前的形象就會很辛苦了。」鄺老師似乎有感而發。

「做老師自然是辛苦的工作，而且工作壓力很大，所以我不當老師是正確的。」

「可是你不也當過教師嗎？」

「只是短短的半個學年而已，實在承受不住壓力，所以六個月後就逃亡了！」

「你現在於學校教寫作班，不也是當教師嗎？」

「那只是課餘興趣班的教師而已，每學期只教那些學生幾堂課，很輕鬆呀！怎像當全職教師那麼大壓力！我和學校的老師接觸時，看到他們除了教學還要兼顧許多行政工作，真辛苦啊！」

「當教師就是這樣……」鄺老師呷了口茶，淡淡地說。

說來稀鬆平常，其實承受了千斤的壓力，也許當老師的都有「四兩撥千斤」的特異功能吧！

「幸虧許多年前我當了逃兵，我這大懶人承受不了這麼大的壓力！」我吐吐舌頭說。

「其實像你這樣寫書、寫文章、寫話劇劇本也對人有好的影響呀！具思考性的內容讓讀者看了也得益，你的讀者當中不是有很多是學生嗎？」

「寫文章對學生的影響，跟老師的教導不可同日而語，老師對學生付出的比我多許多啊！」

「也不一定啊！看過你兩天前寫的文章，你對你寫作班的學生不一樣十分關注嗎？」

老師邊説邊拿出我在報章上寫的專欄文章來，原來我寫的專欄文章，老師都有剪存。

「老師一直也是你的讀者啊！」她笑着説。

* * *

我拿起老師的剪報看起來，和老師相比，這實在令人慚愧，然而，倘若我在教學生時能表現老師從前對我的關愛的萬分之一，那也算是我報答老師所付出的一點綿力了。

主耶穌會怎樣？（我的一篇專欄文章）

幾乎每天我都會到不同學校教授寫作班，其中，有一些稱為「補底班」，是專為中文寫作基礎較差、學習動機較低的學生而設的。

這天，去的是一間位於北區的中學，負責老師告訴我這班學生多是成績較差、無心學習且不大守紀律的，囑我多注意點，課堂上紀律控制不了可向他求助。

已是上第二課，課堂上的秩序還是沒有改善，不留心的仍是不留心，愛說話的仍是愛說話，我還是得拿着「咪」加大聲量喊。

接近下課時，我叮囑學生交出課堂上的寫作功課。當大部分學生交出功課離開課室後，坐在最後的三個學生邊揚起手中又縐又破的作文紙，邊叫：「他撕破了我的作文紙……」「你看，他把作文紙弄得縐成這樣……」

我皺了皺眉，在想這三個平時最愛鬧的學生又搞什麼花樣。這時他們向我走近，圍着我，模仿電影中「講數」的口吻問我：

「如果我們不交作文又怎樣？」一個問。

「會有大懲罰嗎？」另一個問。

「會扣考試分？」另一個帶着一臉戲謔。

這分明是一種挑釁，我該怎樣回答才讓他們不感到高壓或敵意？苦思了幾秒，我突然想：主耶穌會怎樣回答他們？

然後，我說：「不交作文也不會受到懲罰的，希望你們交功課，只是想看看你們在課堂上吸收到多少，作文時會不會犯什麼錯誤，想為你們更正而已。」

他們聽了，先是一笑，然後一聲不響的，其中一個努力用手掌把弄縐了的作文紙掃平，另一個拿了釘書機把被撕成兩截的作文紙釘合，一個拿了膠紙把撕破了的作文紙細心黏好。然後，三個學生必恭必敬的把作文紙遞給我，齊聲有禮的對我說：「老師再見。」

好幾個星期之後，那一聲「老師再見」仍在我耳邊縈繞，我仍會拿出那幾張用釘釘住、用膠紙黏好的作文紙來看……。在其中，我看到尊重別人、誠心希望別人好、對別人有美好期望所發揮的奇妙作用。

我深信主耶穌對這些因父母忙於營生而缺乏關注或成長於破碎家庭的所謂「壞孩子」，會是充滿關愛及有無限包容的。

* * *

和鄺老師喝完這頓下午茶之後，我踱步回大劇院的綵排場地。其中一位籌款劇的工作人員把一個小盒子遞給我，對我說：「周小姐，這是你多訂的天使心口針。」

打開盒子，看到這天使形狀的心口針，我想起剛才跟鄺老師的對話。此刻，我想，好老師都是學生的守護天使，守護着學生的成長。然而，老師卻是沒有翼的天使，沉重的工作壓力令他們飛不起來，失衡的教育制度也令他們不能和學生一起展翅飛翔、追尋夢想，他們卻是一步一腳印的陪我們走過或風光燦爛或風雨滿途的人生路，陪伴我們舉步維艱地拾級而上，走過高低起伏。

幸虧在人生路上，遇上了這些良師！